GIUSEPPE GRAMEGNA

FRAGMENTS

D'UN BOUQUIN

PARIS
BIBLIOTHÈQUE DES MODERNES
10, RUE MONGE, 10

1894

FRAGMENTS

D'UN BOUQUIN

—◆—

A Charles Bourget.

DU MÊME AUTEUR

POUR PARAITRE :

L'INEVITABILE

Chez l'Éditeur G. MAGGI

Torre Annunziata

(*Edition pour amateurs, illustrée de 50 à
100 gravures*)

GIUSEPPE GRAMEGNA

FRAGMENTS
D'UN BOUQUIN

PARIS
BIBLIOTHÈQUE DES MODERNES
10, RUE MONGE, 10

1894

FRAGMENTS

D'UN BOUQUIN

—◆━➤◀━◆—

A CH. BOURGET.

On a beau attendre la neige à Naples, cette poudre blanche de l'hiver ! Voilà une chose très mystérieuse que cette neige !

Et elle détestait Naples, pour son éternel printemps, ses horizons à jamais violets, ce soleil qui, comme l'ombre de votre corps, ne vous quitte jamais.

Elle piétinait, dolente et mélancolique, les macadams de *Caracciolo*, s'enfonçant chaque hiver dans l'irrémédiable ennui. Le froid ne lui suffisait pas. On s'émoustillait à voir tous les jours cette exquise parisienne, au piquant minois, à la mine fantasque, pensive, comme à la recherche d'un bonheur vague, les yeux pleins de rayons de soleil, éblouissante, ses vêtements légers fouettés par le vent, à la *Villa* — sa promenade favorite qui lui rappelait le bois de Vincennes et le bois de Boulogne — ces deux poumons de Paris.

J'eus un éblouissement à tourner la tête, la première fois que je la vis et pour bien d'autres encore.

« Oh ! la neige, la neige ! — écrivait-elle dans son petit journal — en regrettant son Paris en-

vahi de blancs et mous flocons, où les dômes
ressemblent à de blancs bonnets, où les femmes
grelottantes, entortillées dans l'épaisse pelisse,
trottinent le long des boulevards et, comme des
locomotives, jettent par la bouche des bouchées
de vapeur.

Et ce golfe éternellement d'azur, profond, aux
senteurs d'algues, où glissent les sveltes yachts,
cette radieuse colline de Pausilippe contemplée
de son Hôtel du Vésuve, n'épanouissaient pas
son âme, souriant seulement aux rêveries chères
du patinage.

Ainsi la belle nostalgique, déséquilibrée se
rendit à la Parque, quoique le fil de sa vie était
déjà si mince.

. . . .

***

Assis sur une pierre du Colysée, l'esprit er-
rant sur les éternelles grandeurs de Rome
païenne, je songeais aux matrones romaines,
aux corps onduleux et majestueux. Un bruit me
tira de ma rêverie. Un monsieur et trois femmes
écoutaient les ineptes âneries d'un cicérone. Elle
était très délicieuse l'une des silhouettes : moi j'en
ai toujours gardé la mémoire comme celle d'une
miniature. Dans une main le *Baedeker*, dans
l'autre un bouquet de cassies : deux mains de la
blancheur des frêles muguets. Et puis des cheveux blonds, deux yeux célestes de petite fée,
petits pas de petite femme frêle, et peut-être une
page radieuse que son cœur. Moi, impressionniste

de mon métier, je la suivis et puisque en ce labyrinthe d'échelles, d'arcs, de couloirs, de portiques, de sentiers, elle égara ses parents, nous gravîmes la sommité vertigineuse de cette montagne circulaire.

Que son angoisse était délicieuse !

Je m'approchai. Elle tremblotait, défaillante de peur, comme une colombe contemplée par un épervier, montés dans les hautes régions du firmament.

— Vous avez le vertige ?

— Je veux ma mère.

Les yeux baissés, elle me suivit avec une réserve pudique. Seuls, contemplés de vingt siècles, comme des vieillards centenaires, le cœur débordait d'émotion. Pas un mot. Je m'absorbais par une fixité dévorante à regarder s'envoler de sa taille svelte et serpentine — à différence de toutes les filles de la *rule Britannia* — de ses vêtements, un fluide ensorcelant.

Mon âme s'agitait en des hésitations stériles, la sienne vibrait d'inquiétude. En regagnant l'*atrium*, sous une voûte, j'aperçus ses parents. Mais en s'attardant çà et là, ravie au milieu des prodiges de granit du palais de Néron en débris, elle les égara de nouveau.

En les explorant, je lui parlai de ce passé à demi voilé, des souterrains, que nous piétinions, parsemés de richesses. A mes causeries, la page radieuse de son cœur s'étala à moi.

Et dans un étroit passage, le bouquet de cassies tomba. En le ramassant, je tremblais comme un coupable.

— Si vous ne dédaignez ce souvenir...

— J'aurais donné, miss, toute ma jeunesse pour ces orphelins des champs.

Et j'étais si paralysé de bonheur que je laissai onduler cette main — de la blancheur des frêles muguets — qui me tendait les jaunes cassies, sans l'approcher des lèvres...

Ce fut ma première et ma dernière idylle.

. . . .

**
*

En automne, à l'approche de la saison théâtrale de musique, je suis frappé toujours d'une pensée bien triste devant ces affiches. On voit en effet les opéras des grands maîtres, turlupinés par une cohue de mannequins et de larmoyantes chiennes qui avilissent le génie au niveau d'une fille publique la plus souillée. Il me prend une envie de guerroyer contre ces grossiers *impresarii* (les Alphonses de la Musique), les gazetiers qui embouchent en saltimbanques la trompette de la critique, et surtout les musiciens qui exploitent cette muse si sacrée à la profanation, à la nargue d'un public niais, grisé.

Ce n'est pas dans ces enclos appelés théâtres, qu'on peut goûter de la musique. Oh, non ! Le théâtre est aux opérettes, aux vaudevilles, aux féeries, aux pantomines, aux chansonnettes.

Les hommes s'y rendent pour faire du tintamarre, pour se griser à cette atmosphère saturée de gaité, de nonchalance, de parfums, pour s'enivrer des coups de désirs et des coups de monocle, et les femmes, surtout ces femmes convoitables et capiteuses, aux yeux rieurs et drôles, pour êtres vues plus que pour voir, pour se donner des croc-en-jambes.

Il m'est arrivé quelquefois de sortir à mi-spectacle pour éviter de me ruer sur une grosse citrouille et la jeter de la loge, se chatouillant à fredonner — ou souffleter un vaurien de claqueur qui me soufflait des louanges quand je m'enivrais en extase.

Aux bois, aux bois !

C'est dans ce calme, à la pureté de l'air, que l'âme dispose de toute la vigueur de son indépendance.

Aux bois, aux bois !

C'est dans les bois enveloppés d'ombre et de silence, que la musique sait provoquer des sensations vigoureuses.

Aux bois, aux bois, où les jardins jettent des tapis de fleurs qui pleurent des baumes ; où la musique parle de tendresses, de sourires, de baisers, de larmes, de soupirs, de gémissements, de frémissements, de fatalité.

*
* *

En voilà bien d'un sophisme : on devrait écouter la musique, de nuit, comme en rêve. Et quelle réalité vaudrait ce rêve ?

Je dois à la déesse Eutherpe deux des plus fortes émotions de ma vie.

Le bois de Capodimonte produit la nuit telle impression que les artistes de la plume et du pinceau, s'épuiseront en vain à reproduire. On y joua — à la célébration d'une fête champêtre

— entre les touffes d'un taillis, la symphonie de la *Flûte enchantée*, la *Chevauchée des Walkyries* et *Struensée*. La scène était d'une grandeur et d'un lyrisme ultra-fantaisistes, et la voilà : Des platanes séculaires, au loin sur la superbe ligne de l'horizon s'ouvrant sur le plein ciel, plus près trois pavillons de grands chênes qui aboutissent à des abîmes, en deçà, au-delà d'une prairie en énorme courbe, des saules qui défilent comme des fantômes gigantesques et les cactus qui dressent leurs bras charnus au ciel ; et dans les allées moins touffues, fourmillées de fleurs, le thym, la lavande et tant d'herbes odoriférantes, pendant que la lune miroite sur les avenues un teint nacré, excitent aux amoureuses langueurs d'ensemble aux émanations fraîches embaumées — que l'on boit dans l'air pur — des tilleuls.

Sous une voûte de chênes et de lierres, je n'osais plus remuer, comme atteint d'un courant de magnétisme échappé de la musique clapotante. Et cette stupeur ne m'empêchait pas d'analyser : au contraire, je découvrais en moi des émotions imposantes, inconnues.

— Non, ce n'est pas d'un orchestre que jaillissent ces voix, ces mugissements — ces déluges d'harmonies —, je me demandais en frissonnant d'une joie — oh si pure ! — et d'une folie — oh si douce ! —

Salut, Bayreuth dans les forêts perdues de la Franconie, ô temple solitaire du philosophe de la musique !

* *

Mais je n'aurais changé cette autre émotion pour le royaume de Golconde.

Je m'extasiais, par une belle nuit de mars, à contempler dans mon jardin poudré d'un croissant de lune, près de la *Grande Ourse*, l'étoile polaire courtisée par de petites étoiles, et je songeais à un siècle lointain, quand les éléments de la terre, papillonnant dans le vide, s'entendirent de se rassembler en bonne harmonie, en société coopérative, et depuis un chaos de discussions ils se disposèrent en boulotte.

L'on m'avait dit — ah! les astronomes! — qu'on peut entendre dès la tombée de la nuit, l'harmonie des astres. Je tendais l'oreille aux sons les plus minces. Le silence était profond. Lorsque je tressaillis aux accords d'un violoncelle.

D'où venait cette musique d'archet ?

Une fugue allait commencer grave et sensible, puis d'une magie touchante et énergique qui passant par des arpèges, sans effets cherchés, à un autre sujet, redoublait de majesté dramatique. Je me soulageais de tous mes malheurs, quoiqu'elle me fît souffrir en traduisant tous mes souvenirs blancs et noirs. J'aurais baisé la joue à un ennemi le plus pervers, lorsque la mystérieuse musique cessa de flotter aux premiers rayons de l'aube, comme d'une somnambule.

Les coqs chantèrent pour me railler de ma rêverie et l'aurore parsemait des roses.

∗ ∗

J'en fus bouleversé toute la journée jusqu'au lendemain à mystère éclairci.

Un musicien de génie venait s'établir peu loin. Un attrait mystérieux me poussa à son logis.

— Je le verrai enfin, ce puissant maître, ce dominateur rapide qui refait les hommes. Je veux découvrir en ses yeux ce que c'est enfin que le génie, en ses grands yeux illuminés. Je me précipitai vers lui. Oui ! deux yeux à faire peur !

Il était aveugle.

. . . .

***

Un esprit observateur n'eût remarqué vers minuit, dans les champs de *** rien d'extraordinaire, qu'une tête chevelue, absorbée dans la contemplation intense d'un immense bâtiment enveloppé de la lueur blafarde de la lune.

En voilà bien d'un traité de psychologie que cet homme : sa main droite ondulait entre ses cheveux et le menton, et comme charmé devant un spectacle intéressant, il rôdait autour du bloc énorme, les yeux pétillants de vivacité, d'émotion.

Et quel tableau pour un artiste que cette scène de l'inauguration de cette usine à trois étages et une tour gigantesque !

Mais le constructeur, le héros de la fête était retourné chez lui, affreusement sombre. Les vieux ingénieurs avaient fait chorus à lui reprocher le manque d'harmonie, de symétrie et la superfétation dans l'originalité de sa construction. Et chaque nuit, l'architecte aux longs che-

veux tombants en broussailles autour des joues
décharnées, vient examiner fièvreusement son
chef-d'œuvre, qui se dessine au loin comme un
lien entre le ciel limpide et la terre sombre.
Oui-dà, son chef-d'œuvre, son génie créateur le
lui souffle. Son architecture est magistrale, ses
procédés techniques réfléchissent le principal
trait de son caractère — la grandeur.

La construction des trois étages appuyés à des
piliers massifs est un miracle d'audace.

Combien de nuits avait-il sacrifiées, l'échine
courbée sur son plan gigantesque, à arracher le
secret de cette nouvelle formule, de ce nouveau
symbole, au milieu de cette symphonie de points,
de lignes, de courbes ?

C'était à lui, la création de ce petit monde, de
cette construction d'athlète, cette proclamation
de l'*Art libre* que les vieux architectes lui re-
prochaient comme l'œuvre déséquilibré d'un né-
vrosé.

Et cependant quelle singulière diplomatie d'ex-
pressions il avait dû employer pour qu'on le pré-
férât dans les projets. Ce bâtiment est un mot
de provocation.

Il a une envie de guerroyer contre l'esprit
récalcitrant des vieillards, ce pédantisme auto-
ritaire et conventionnel de l'âge mûr, qui ne
veut céder sa place à son ennemi perpétuel —
la jeunesse rebelle et hardie —, brisant tout son
travail acharné, tournant tout en ridicule.

Mais pourquoi écraser cette décrépitude, cet
édifice ridé par la vieillesse, lézardé par le temps,
cette carcasse avariée qu'un léger vent — même
un souffle d'un jeune génie — ferait écrouler ?

Pusillanimité ! Le rôle de Maramalde est une lâcheté !

Et voilà ce Solness à l'envers qui chancelle. Tout autour du bloc énorme, il voit les fantômes de ses antagonistes le fixer d'un rire démoniaque. De quoi n'est pas capable l'imagination ?

Et il tend même l'oreille. C'est une voix ironique qui lui parle.

— A quoi bon toute cette élégance pour une usine ébranlée tout les jours par le brouhaha des coups sourds de formidables marteaux et canons ?

Le héros en est comme foudroyé. Et cette tour qui s'élève à la hauteur du génie, destinée à englober de la fumée et lancer des flammes noirâtres, il n'a pas suspendu à son sommet — comme les architectes norvégiens, ses ancêtres, la couronne traditionnelle, symbole d'audace !

Non. Il ne construira plus des tours, mais des clochers qui s'élèvent à la hauteur du génie, où il suspendra la couronne et parlera à Dieu.

Là il se souvient qu'il avait élaboré jadis des plans d'églises. Affiché aux parois, chiffonné parmi les livres qui s'empilent sur l'écritoire, s'étale tout un poème de cartographie. Toute la puissance de sa vie est dans ces paperasses noircies par l'usage.

Il construirait une église byzantine d'un style nouveau, — un lien entre l'art néo-hellénique et la renaissance; un mélange de tous les éléments techniques à frapper de merveille.

Elle se développerait en octogone : huit gigantesques colonnes reliées par des arcs sur lesquels s'appuyerait une coupole bulbeuse, quarante fenêtres aux vitres historiées, percées à la base de la coupole et quarante médaillons en mosaïque à fonds d'or encadrés entre les fenêtres pour augmenter en richesse toute une floraison iconographique, une profusion de camées. Et puis une originalité de bas-reliefs, de chapiteaux serpentés d'ornements, de triptyques en ivoire, une splendeur de polychromie d'un éclat oriental !

Mais le scepticisme universel ne veut plus d'églises.

Au contraire, on veut les dépouiller pour y tenir des *meetings*. Comme la cire rapprochée du feu, fond, ainsi le nouveau Solness sent, après le feu de ses enthousiasmes, s'évanouir son génie.

Mais encore derrière son bâtiment, il voit un cercle lumineux, — l'irradiation de toutes ses espérances, les inspirations de la jeunesse.

Silence : il parle dans son paroxisme.

C'est le visionnaire, l'apôtre.

« Mais si le scepticisme universel ne veut plus d'églises, il veut un temple au socialisme. Ah ! la voilà donc cette apothéose. Il faut suivre les tendances du siècle. »

Et bien il s'attachera de toute son âme à son projet : bâtir un enclos immense pour la fraternité des ouvriers, où ces oppressés amalgamés dans une famille unique, puissent parlementer de leur avenir.

Et il suivra cette magistrale inspiration avec la foi exaltée de Don Quichotte. Comme celui-ci, il vacille entre une folie indéterminée et une ambition hardie.

Est-il vrai que le génie et la folie sont les

deux pôles opposés de cette boule que la nature humaine roulant autour d'un axe fixe — l'idéal ?

L'idéal est au dehors de la nature humaine. C'est une folie que vouloir l'incarner.

Et la fraternité des ouvriers est un idéal.

Ce serait de la folie que de l'espérer.

La science de l'architecture n'a rien de commun avec la science des peuples.

Maintenant, il roule aux dépens de son cerveau mille projets, tandis que sa folie indéterminée prend le dessus comme un châtiment dû aux exaltations.

Il arrivera tôt ou tard, dans le conflit entre le génie et la foule, il se plongera dans la caricature et son nom deviendra un sobriquet pour amuser les sots — l'héritage spirituel des grands esprits.

Naples.   Joseph GRAMEGNA.

Saint-Amand. — Imp. Em. Pivoteau

Saint-Amand. — Imp. Em. Pivoteau

www.ingramcontent.com/pod-product-compliance
Lightning Source LLC
Chambersburg PA
CBHW061525170626
46811CB00004B/1850